KB093248

너를 혼잣말로 두지 않을게

박상수

너를 혼잣말로 두지 않을게

박상수

PIN

038

차례

1부

2부

3부

4부

PIN

038

너를 혼잣말로 두지 않을게

박상수

시

1부

기차를 타고 밤 약속

밤안개나무바다, 바람은 이렇게 다가오는 거구나, 귀를 기울이다 보면 떠나보낼 것들이 생각나는 거구나 눈도 깜빡일 수 없었어요 흘릴 게 너무 많아서, 이런, 나는 영영 사라지고 말 텐데, 실밥이 풀어지면서 마음이 지워지고 있었어요 전망 좋은 자리에서 조각 피자를 먹고 이야기를 나누기로 하자 풍경을 보며 그러다 보면 누군가 내 옆에 나타날 줄 알았는데, 다만 밤안개나무바다, 당신은 어떤 사람이에요? 자갈돌들 사이의 얼룩점 박힌 새알이랍니다 섞여 있을 때는 감쪽같은데 손바닥 위에 올려놓으면 부끄러워 금방 깨져버리는, 그렇다면 밤과 바람을 불러야겠구나 금이 간 얼굴이 가려지도록, 부끄러운 농담이 당신 안쪽에만 머물도록, 풍경 너머로 들어가고 있어요 한 번도 이 많은 풍경을 가져본 적이 없어서, 내 것이라고 믿을 수가 없었어요 어둠 안에 둥그런 어둠이 겹쳐 있구나 둥그런 어둠 안에 또 그 안에, 밤안개나무들이 바다처럼 펼쳐지고 있구나 구부러진 채로, 하얗게 엉킨 채로, 끝내 말라가면서, 물을 더 주고 이끼를 올려주었어요 입술에는 꿀을 조금 발랐구요 매운 생강차를 먹고 찡한 코를 눌렀다가 창에 머리를 기대요 눈을 감고 가다 보면 어디든 끝내 도착할 수 있을 거라 믿었어요.

월동 준비

가을 세계수 밑에 오래 서 있어요 병아리 가발을 쓰고, 멀리 있는 하늘 망토를 당겨서 두르고, 나는 골목을 지나서 왔어요 누가 나를 보았을까? 세단뛰기로 지나왔어요 얼굴을 가리고 살금살금 왔어요 저 많은 건물들에 불빛이 차오르는 시간, 발색 좋은 오렌지가 부시도록 매달리는 시간, 나는 알아요 어느 모퉁이에서 바구니를 들고 담장 뒤로 돌아가는 고양이들도, 주머니에서 열매를 하나씩 흘리는 아이들도, 정리 박스는 이미 오래전에 구멍이 났어요 내가 여기 살아남은 건 여기가 좋아서가 아니라 아직 이곳이 저를 죽이지 않았기 때문이에요* 그래도 나는 아직 있어요 나날이 가벼워지고 있어요, 다리를 건너서, 마지막 슈퍼를 지나 오르막길을 따라, 세계가 발아래로 모두 보이는 곳, 아무도 흉내 낼 수 없는 얼굴로 저마다의 이야기를 들려주는 곳, 여기서는 그 소리가 다 들려요 레몬 주황 거리의 휘장이 펼쳐지고 있어요 피부는 한껏 당겨져서 비닐 수조 안 종일 굴러다니는 소라 껍질처럼 울퉁불퉁하지만 가을 세계수 밑동, 자질구레한 주파수가 공기 속에서 지글거리는 소리 들으며, 이제부터 잠을 잘 거니까, 언제 깨어날지 모를 긴 꿈을 꿀 거니까, 종이 냅킨으로 세 번 감싼 뒤, 마 끈으로 살살 묶어주세요 땅속에서 나는 아무도 나를 다치게 못 했던 날들의 리스트를 적어보다가 지혜를 떠올리기도 하고 너그러워질 수도 있어요.

* 호프 자런, 『랩 걸』의 한 문장을 변용

안개 숲

숲은 깊었다 나만 알던, 가끔 누워 있기도 하였던 묘지 주변으로 빗방울이 내리면 나무들이 웅크려 비를 막아주는 것만 같았다 잠든 것들이 깨어나는 시간, 아무도 오지 않는다는 걸 알았지만 누구라도 만날 수 있기를 바라는 마음이 작은 길을 내고 있었다 집으로 돌아오는 길에 떠올리던 오래 얼굴을 볼 수 없었던 사람, 봉지 약을 들고 찾아간 날, 약을 건네주고 오는 길은 낮은 기침 소리가 따라오는 게 좋았지만 그건 어디까지나 덧없는 꿈이었다 학교 앞 저수지로 걸어 들어간 사람의 물빛을 떠올릴 때면 홀린 듯 그림자가 내게로 옮겨 오곤 했다 텅 빈 운동장에서 누군가 빈 병에 소리를 내고 있구나 그때마다 잘린 여름풀의 향이 퍼져 나가다가 흐린 방을 만들며 강낭콩 깍지처럼 내 슬픈 사람들을 감싸주고 있었다 빗방울이 자주 안개비로 바뀌던 곳, 그래서 걸음이 느려지던 곳, 오래 헤매는 마음으로 시내까지 나가서 아무나 떠나는 사람을 배웅하고 돌아오면 불을 끄고 벽에 기대어 선잠을 잤다 밤이 깊어지면 다시 숲으로 돌아가자고, 가로등 몇 개를 지나 바짓단을 적시며 어두운 길을 걸어 들어가면 반딧불이가 저수지 위를 드물게 날아가고 있었다 몸을 떨며 사랑했던 것들을 무대 위로 올리는 밤, 그 많은 것들이 전부 사람의 얼굴이어서 나는 어느 쪽으로도 고개를 돌릴 수가 없었다.

기울기

회의가 끝나고 나는 호출된다 여기 이 상자를 가져가게, 그들은 자연스럽게 말한다 나는 이리저리 상자를 둘러본다 처음 보는 상자입니다 저의 상자가 아닙니다, 나는 조용히 말한다 그들은 머리를 맞대고 회의를 시작한다 내가 있는데 없는 것처럼 이야기를 주고받는다 며칠 뒤에 오라고 한다 나는 다시 호출된다 위에서 회의를 했고 자네에게 상자를 맡을 권리를 주기로 했네, 알 수가 없다 이전까지 나는 어떠한 권리도 허락받은 적이 없다 나는 다시 한 번 말한다 이 상자는 저의 상자가 아닙니다, 그럴 줄 알았다는 듯 그들은 고개를 끄떡이며 왜 그런지 설명해보라고 한다 너의 상자가 아니라면 왜 그것은 그렇게 될 수밖에 없는가? 말문이 막힌다 말문이 막혀서 잠시 가만히 앉아 있는다 그럼 권리를 행사한 것으로 알겠네, 이 상자는 저의 상자가 아닙니다, 말하는 순간 회의는 끝난다 정방형의 상자, 소리 없이 숨을 쉬는 상자, 탁자 위에 놓여 아무도 데려가지 않는 상자, 어쩐지 상자가 불쌍하여 상자를 들고 내 방으로 돌아온다 상자는 무겁고 이음매가 없고 아무리 해도 열 수가 없다 나는 상자에 노크를 한다 말을 건네보고 귀를 대본다 아무것도, 아무것도 들리지 않는다 상자를 열려고 애를 쓰다가 그만 놓친다 발등이 찍혀 한참 동안 움직일 수가 없다 왜 이 상자를 내게 주었을까 내 상자도 아닌데, 그들에게 전화를 건다 이 상자를 어떻게 해야 할지 모르겠습니다, 전화를 받은 사람이 말한다 내가 지금 휴가 중이라서 답을 할 수가 없네, 전화를 끊고 상자를 다시 흔들어본다 화장실을 다녀오다가 복도를 보니 건물에 남은 사람은 아무도 없다 방으로 돌아와 상자를 앞에 두고 고민을 한다 이 상자를 맡을 권리가 내겐 없다. 블라인드를 내리고 불을 끄고 가방을 챙긴다 문을 열고 밖으로 나가려는데 물 흐르는 소리가 들린다 숨을 죽여 살펴보니 상자에서 나는 소리다 이것은 울고 있는 상자구나. 불을 켜고 가방을 내려놓고 다시 상자를 바라본다 아무 일도 없었던 듯 상자는 조용하다 나는 다시 그들에게 문자를 보낸다 상자에서 소리가 납니다 상자가 울고 있습니다. 기다려도 답장은 없다 나는 상자를 쓰다듬으며 상자에 대고 말한다 저는 당신을 맡을 자격이 없습니다 상자는 조용하고 말이 없다 그들에게 문자가 도착한다 우리는 그 상자를 포기했다네. 나는 깨닫는다 그럼 이건 포기한 상자구나. 상자를 쓰다듬으며 나도 모르게 울음을 터뜨린다 그런데 나에게는 설명을 요구할 자격이 없다.

무호흡

언제나 조금 부족한 공기, 호흡이 머문 곳마다 습기가 퍼지고 모래가 떨어지고, 누가 산호 조각들을 모으고 있구나 기억하는 가장 작은 등으로, 가장 소소한 무릎으로, 이상하지 녹아버린 창문 안쪽에선 불탄 가죽 냄새가 쏟아지고 있어 얼굴을 파묻은 채로 나는 생각해 한 사람이 제외되어도 돌아가는 세상을, 언제나 그 사람을 제외시키면서 고요해지는 세상을, 버스가 도착하고 사람들이 내리고 신호등이 바뀌고 엘리베이터가 올라가고, 알고 있지 내가 맡은 책상 위에는 함부로 던져둔 저주들이 가득하겠지만 숨이 막힐 때마다 몸이 부풀어서 단추가 터지고, 녹슨 혈관들이 여길 덮어버리는 풍경을, 내가 있는 자리만 철조망이 둘러져서 녹색 피가 번져가고 아무도 돌아보지 않는 세상을, 아이야, 나는 네가 웃기를 바라지만 우리가 찾는 산호 조각은 여기 없을 거야,

가장 작은 등과 무릎으로 어디까지 갈 수 있을까, 갈 수 없겠지, 아니 갈 수 있겠지 흔들리지만 갈 수 있기도 하겠지, 숨 쉬어 철제 의자에 묶인 진공 속에서, 숨 쉬어 조금 부족한 공기 속에서, 언제나 조금 부족한, 살아 있다는 기분.

메신저 백

불투명 유리창에 무언가 흘러내리는 밤, 밤공기를 조금씩 들이마시면서 단편적으로 걷는 밤, 촘촘하게 밤은 나와 맞닿아 있고, 물방울 유리 문진이 잘게 부서져 겹겹의 어둠, 휘장 속으로 흘러내린다 젖은 피부를 쓸어내리며 나는 흠칫 몸을 떨지만 이내 아무렇지 않다는 듯이 산책로를 걷는다 원예용 스웨이드 장갑을 낀 사람들이 늦게까지 작업을 하고 있다 나뭇가지가 모여 일정한 덤불을 이루고, 이곳에서는 숨을 쉬는 일이 어쩐지 죄를 짓는 일 같아서, 나의 미니 가죽 백을 더듬어보고 나의 임무를 잊지 않기로 한다 떨어진 열매를 까마귀가 쪼아 먹는다 발을 굴러 쫓아내려다가 죄를 짓는 일 같아 다른 길로 간다 모래 대신 우레탄 바닥이 깔린 놀이터를 지난다 그네에 앉아 올려다보면 아파트 창문은 여러 개이고 어떤 창문은 닫혀 있고, 어떤 창문에는 불이 들어와 있고, 차가운 공기 속으로 검은 물감이 느리게 흘러내리는 밤. 나는 고개를 돌리고 호흡을 조절하며 다시 밤의 길을 단편적으로 걷기로 한다 심장이 뛰는 소리를 따라가지 못해 크게 심호흡을 하면 나는 벌을 받아 남은 공기마저 모두 빼앗길 것 같다 내가 살던 방은 지금은 기억할 수 없는 물질이 되어 이 밤에 섞여 있다, 라고 말하는 목소리에는 깊이가 없다 종이 위에 연필로 글씨를 쓰는 소리, 소리만 있고 글씨는 쓰이지 않고, 쓰이지 않는다면 지울 수도 없구나, 나는 두어 번 눈을 문지르고 단편적으로 점멸하며 걷는다 깜빡깜빡, 검은 물감을 헤치고 휘장 너머를 들여다보면 무너지고 희박해지고 있구나 구분할 수 있는 모든 것이, 구분할 수 있는 거의 대부분의 모든 것이, 너는 한 번도 있는 그대로 너의 모습으로 받아들여진 적이 없어, 알 수 없는 목소리가 어디서 흘러나오는지 궁금하여 이번에는 뒤를 돌아본다 돌담 위로 간접 등이 빛나고, 불빛 위로 밤의 전령들이 모여들고, 무한한 날갯짓을 되풀이하며 천천히 뒤섞이고 마침내 용해되어 흘러내리는구나 심호흡을 하면 벌을 받을 것 같아 잘게 쪼개어 숨을 내뱉는다 이 밤은 모든 것이 뒤섞여 흘러내리는 검은 물감이야, 나는 나의 유일한 메신저 백을 쥐어본다 무엇이 들어 있는지도 모르는 백을 놓지 않으려고 한다 이 산책에는 깊이가 없고 결국 제자리로 돌아오겠지만 그것이 모든 것의 전부는 아니다, 라고 말해보는 내가 있다 벤치에 앉아 이상한 꿈을 꾸고 있는 사람들을 본다 여러 가지 이야기로 눈에 빛을 내며 황홀하게 웃는 어떤 얼굴들을, 여기에 내가 살던 방이 있었습니다 아주 오래된 이야기처럼.

2부

트랙B
—재계약

모래를 쌓고 걸어둔 원피스를 쌓고 수정 테이프를 쌓아 올린다 쌓는 것이 유일한 기쁨이라는 듯이 불면증을 쌓다가 가본 적 없는 바닷가 집 불빛을 떠올리고, 비 오는 공동묘지의 이미지를 쌓고 텀블러에 물을 채우고 벚꽃이 필 때의 기억을 알약처럼 먹는다 명절 선물 좀 그만 보내라는 말도 톱니처럼 쌓아 올려보고, 사람을 위한 기도를 쌓고 너를 위한 기도는 잘 생각이 나지 않고, 350개의 문서를 파쇄한 종이 뭉치를 끝내 버리지 못하고 쌓는다 무주택자용 트레일러를 쌓고 성장을 멈춘 것 같은 기분을 쌓고 간편식을 쌓고, 모이면 연금 이야기만 하는 얼굴들을 쌓는다 영원히 끝나지 않는 여름 캠프에서 카레밥을 배식받고 식판을 씻고 돌멩이를 줍고, 다시 식판을 받고 짜장밥을 배식받고 다시 돌멩이를 버리다가 캠프 바깥으로 나가는 길을 잃어버린 기분, 우산

을 든 채로 우두커니 지켜보던, 등을 돌려도 무수하
게 내리꽂히던 빗줄기의 아득한 중첩, 깜짝 놀라 다
시 잘라낸 원피스를 쌓고 그래도 쌓는 것이 유일한
기쁨이라는 듯이 불붙일 수 없는 구두를 쌓고 불붙
일 수 없는 무릎의 통증을 쌓고 버티지 않아도 될 것
을 끝내 버티어내야만 한다는 강박을 불붙은 톱니처
럼 관절에 끼워 넣는다 어쩐 일이세요? 내면을 고백
하려다가 용건만 말하고 서둘러 전화를 끊고, 쌓일
거야, 쌓이지 않으면 이것들이 전부 어디로 가나, 지
혈용 솜을 주문하고 문득 지하철을 타려다 뒤로 물
러서고 말았던 아침에 도착하기도 한다 왜 너는 한
걸음 앞으로 가지 못했나, 차선을 넘어, 더 멀리 넘
어가버리면…… 너는 고개를 가로젓다가 죽은 화분
을 쌓는다면 어디까지 쌓아 올릴 수 있을지 상상하
며 쌓기를 멈추지 않는다 그런 규정은 없지만 (기록

으로 남을까봐) 전화드렸습니다 실은 그거 안 되는 겁니다를 쌓고 1월이 되면 모든 것이 나아질 것이라는 생각을 4년간 반복해왔다는 생각을 쌓는다 배설용 모래를 쌓고 아직도 더 많은 것을, 손에 잡히는 모든 것을 더 많이 쌓아야 한다는, 쌓아갈 수 있음을 증명해 보이겠다는 생각을 이제 멈춰야 한다는 목소리를 쌓아본다 샤워 물줄기를 맞으며 움직일 수 없었던 기억, 이 시간도 언젠가의 나를 위해 쌓아 올려질 수 있겠지, 유일한 기쁨은 이것밖에 없다는 듯이 다시 무릎을 세워 일어나 쌓고 쌓고 쌓아온 사람, 약속된 날이 되자 너는 문서를 전달받는다 잠시 쌓기를 멈춘다 이상한 문서야, 사인을 하면 그때부터 과거가 없는 사람이 된다니, 내일부터 너는 아무것도 쌓지 않은 사람, 유일한 기쁨은 이것밖에 없다는 듯이 다시 새롭게 쌓는 일을 시작하도록 명받는다.

착한 사람

베란다에 모기향을 피우고 스프라이트를 마셔요
풀장 위로 떨어지는 빗소리, 소리들, 네, 좋아요, 뭐
든지, 고개를 돌리면 나는 오랫동안 이렇게 살아왔
구나 어제의 내가 고개를 숙이고 몸을 동그랗게 말
고 있었죠 힘주어 안으려고 하지 말고, 그냥 보내주
렴, 여름 저녁의 향신료 냄새, 길은 잃는 것이라지
만 돌아오고 싶을 때 돌아오는 방법까지 잊었다면
그땐 어떻게 하죠? 답을 기다려보지만 여기에 그
런 건 없어요, 가끔 먼 바람이 송아지 헛간 냄새를
묻혀 오고 목소리가 목소리를 지우는 투명한 병 속
에 난 들어 있을 뿐, 일어서려다 주저앉고, 미끄러
진 채 계속 고개를 들지 못하고, 서로 다른 얼굴색
의 사람들이 맥주를 마시며 기다릴 텐데, 무르익는
밤, 탄성과 웃음소리가 새어 나오는 밤, 칠이 벗겨
진 보안등과 선베드와 조개껍질만 한 나방들이 이

깊이 없는 세계를 채우고 있죠 나는 말이에요 실감이 없어요 유리병 속 세계에서 이만큼의 미래를 내다볼 뿐이죠 그러다가 네, 좋아요, 뭐든지, 취한 듯 말하면 누가 등을 토닥여줄 것 같았어요 빈티지 과일머신에서 열대열매즙을 가득 따라서 내게도 나누어줄 줄 알았어요, 내 마음처럼 당신 마음이, 내 마음처럼 유리병 속 세계가 어쩌면 흔들릴 수도 있다고 믿었어요 고마워요 하지만 나는 여기 있죠 말린 식물들을 유리 액자로 걸어둔 방, 슬리퍼를 신고 하루 종일 살아도 아무 걱정이 없는 곳, 그래요 내 걱정은 안 해도 될 거예요 모든 게 내 탓이라고 믿으면 되니까 그러면 뭐가 달라지지? 짓이겨진 달팽이와 코코넛 껍질이 녹아 점점 투명해지고 있구나 회전하는 시간 속에서, 회전하는 시간 속에서, 그렇게 쓰면 세계는 회전하고 있는 거예요 그렇게 믿으면 어떤 감정은 점점 투명해지는 거예요 혹은 릴라와디, 릴라와디, 스프라이트에 취해 빙글빙글, 저는 무해하고 아주 달아요, 그렇게 중얼거려보죠 마침내 나는 아주 착한 사람이에요 어쩌다 이렇게 되었을까?

창백한 푸른 점*

큰 건물 1층 의자에 앉아 있다 팔각 귀기둥 밑에서 제이와 나는 아이스크림을 먹는다 방학이라서 학교에는 아무도 없다 햇볕이 너무 뜨거워서 아이스크림은 곧 녹아버릴 것 같고, 괜히 불러냈지? 제이는 고개를 가로저으며 웃는다 어디서 라디오 소리가 들린다 이 큰 건물에서 라디오를 듣는 사람이 있나봐, 나의 말에 그게 이상한가? 제이는 사방을 둘러보며 웃는다 현관문 바깥으로 나무들은 짙어가고, 운동장을 지나 교문 바깥까지 시리도록 파란 하늘, 세상은 온통 선명하게 제자리에 있다 나는 모든 것을 상징으로 보려는 생각을 지우려 한다 나는 더 이상 속지 않을 것이라고 생각하며 아이스크림을 먹는다 나도 모르게 속엣말이 흘러나오고, 제이는 입을 조금 오므렸다가 묻는다 방금 전에 네 말이야? 움찔 놀라자 그런 작은 것들이 모여서 다 네가 되는 거야, 제이는 슬프게 말한다 아니야, 내가 잘 못했어, 나는 제이를 바라보며 제이를 실망시켰을까봐 걱정한다 내일은 오늘보다 더 더워질 거라고 말하는 라디오 DJ의 목소리가 텅 빈 건물 로비에 들려온다 이어지는 노래는 실망하고 무너지고 다시 반복하고, 실망하고 무너지고 다시 반복하는……, 방학이 끝나더라도 우리 계속 만나자, 내가 말하고 제이는 말없이 웃기만 한다 제이와 나는 운동 가방을 메고 햇살이 쏟아지는 언덕을 올라간 적이 있다 병에 든 매실주스를 나눠 먹으며 찬 손으로 서로의 볼을 식혀주었지 그때의 추위가 사라지지 않는다 너무 무서워하지 말아, 제이가 나의 손을 잡으며 말한다.

* 칸 세이건의 책 제목

작은 선물

걸어도 걸어도 무엇도 보이지 않는 나날이 계속된다면, 갖고 싶어 햇살이 오래 들어오는 2층 창가, 담쟁이덩굴이 흔들리고 윤기 어린 나무 탁자 위로는 바스켓 화분이랑 핸드메이드 유리 동물들이 도란도란 모여 있는 곳, 어른대는 빛 속에서, 내게로 다가오는 아이들이 있구나, 밝게 뛰어와서 내 발에 털을 부비는구나, 아무것도 생각하지 마, 지금 네 손에 뭐가 닿는지만 생각해, 아이들을 쓰다듬으며 모나카 아이스크림을 조금씩 나눠 먹으며 나무 위 오두막에서 맞는 좋은 바람 같은 것, 종이 목마가 흔들리는 시간, 나는 여기서 들려오는 오후 네 시의 소리들을 좋아하지 옛날 양옥 건물 사이를 지나 학교 운동장의 쉬는 시간을 지나, 좁은 길을 겨우 빠져나가는 스쿠터의 소리까지 전부 구별하고 색칠해 보자 그러는 동안 건널목 가까이 낮게 비구름이 다가오는 순간을 사랑하지, 장작불로 직접 볶아 내려 주는 커피랑 스마일 쿠키 한 세트가 필요해요, 창밖으로 눈을 돌리며 알 수 없는 것들에 대하여 생각하기로 하지 나날이 막막하고 또 너무 많지만, 저기 나무 의자 위로 떨어지는 빗방울과 다른 시간의 결이 있다면.

한 줌의 사람

그곳을 나오며 너는 뒤를 돌아보지 않는다 절대 돌아보지 않기로 결심한다 이렇게 떠나면 모든 것이 실패인 걸까, 추억도 기대도 마음도 아무것도 남아 있지 않다고 생각하는 너, 너는 가진 게 별로 없지만 아무것도 안 가진 것을 끝내 인정받아야 받아들여질 거라고 믿었다 네가 너를 더 바닥으로 끌어내려야 머리를 쓰다듬는 사람이 편리할 거라고 믿었다 누가 너를 그렇게 만들었나 누가 너를 그렇게 만들었나 아무도 가르쳐준 사람은 없다 가르쳐주지 않아도 알아채는 사람은 언제나 더 약한 사람, 언제든 밀려날 수 있는 한 줌의 사람, 너는 한 줌의 사람으로서 간청한다 너는 한 줌의 사람으로서 쓸개를 내놓고 애원한다 너는 한 줌의 사람으로서 네가 얼마나 불행한 한 줌인지 증명하려다가 알게 된다 네가 마침내 뼛속까지 그렇게 되어버렸다는 사실을,

모두가 너를 부른다 안된 사람, 참으로 안된 사람, 이제 아무도 네가 머무는 방 안을 들여다보지 않는다 아무도 네가 어떤 추억을 갖고 있는 사람인지 궁금해하지 않는다 사람들은 저마다의 일로 하루가 짧고, 너의 일그러진 표정을 잠깐 생각했다가 이내 내일 아침의 메뉴를 떠올릴 것이다 그들도 그들 나름의 슬픔이 있단다, 누구의 목소리인지 모를 목소리가 너를 위로한다 너는 그것이 위로가 아니라 주문呪文이라고 생각한다 주문을 외우고 있으면 평화가 찾아오고 마침내 모든 것을 포기하게 된다 너는 웃는다 너는 바보처럼 웃는다 너는 다 알겠다는 듯이 웃는다 모든 것은 네가 만든 지옥, 모든 것은 네가 만든 실패, 너는 실패의 지옥에서도 지키려고 애를 쓴다 부서져도 전부 부서지지는 않으려고 어딘가 안쓰럽게 애를 쓴다 다시 붙일 수 있기를 기대하며 끝까지 완전하게 웃지는 않고 버틴다 어느 날 네가 머무는 방에 한 사람이 들어온다 어떻게 오셨지요? 반갑습니다 저는 한 줌도 안 되는 사람입니다만, 네가 머무는 방에 한 명이 더 추가된다 제1의 한 줌도 안 되는 사람과 제2의 한 줌도 안 되는 사람, 그리고 제3과 또 제4의 사람이 나란히 앉아 서로를 되비춰 본다 눈이 마주치면 금세 다른 곳을 바라본다 햇빛이 들지 않는 환기창을 바라보며 너는 지키려고 애를 쓴다 그리고 마침내 모든 것이 조용해졌다, 로 끝나지 않는 끝을, 오직 그렇게만 끝나지 않는 마지막을.

윤슬

있을게요 조금만 더 이렇게, 모래에 발을 묻어 두고 저녁이 오기를 기다리며 여기 이렇게 있을게요 끝에서부터 빛은 번져오고, 양털구름이 바람을 따라 흩어지다가 지구가 둥그렇게 휘어지는 시간, 물들어오는 잔물결, 잘게 부서진, 물의 결, 아무것도 하지 않고 나는 그냥 여기 앉아 있어요 머리칼을 날리며 사람들은 떠나가고 아이들도 돌아가면 누가 놓고 간 오리 튜브가 손을 놓친 듯 멀리 흘러가고, 여기까지인가봐, 그런 생각, 뭐야 그런 생각하지 마, 혼자 건네고 받아주는 농담들, 그래야 나는 조금 웃을 수 있어요 지난겨울에는 졸참나무랑 벚나무 장작을 가득 태우며 앉아 있었어요 내가 나로부터 풀려나는 시간, 그때도 눈 속을 이글거리며 혼자 앉아 있었구나 글레이즈 가득 얹은 도넛과 커피를 마시며 내가 바라는 가장 고요한 자세로, 내게

쌓인 농담과 내게 버려진 가혹이 다른 누구에게도 새어 나가지 않도록 힘을 다하여 그렇게, 그래도 결국은 있었구나, 아무도 나를 모르는 곳에 있다는 것은 내가 뭐가 되기 위해 노력을 하지 않아도 된다는 허락, 나는 그런 곳을 떠돌고 있어요 그런 곳을 만들어나가고 있어요 파라솔 플라스틱 테이블 위 스파클링 사과주스 한 병을 놓아두고 모래를 툭툭 건드리며 그냥 이렇게, 저녁은 다 와버려서 하늘이 뒤바뀌고, 감춰진 창문 하나가 더 열린 것처럼 바람과 이슬이 쏟아져 내리는 바다, 잘게 부서진, 물의 결, 손을 내밀면 짙은 홍매화 군락으로부터 백작약 수풀을 통과하여 나는 물들고 있어요, 온통 쓰라리게 흔들리고, 흩어진 채 빛을 담으며, 해변의 끝자락에 아직 있어요, 라고 말할 수밖에 없는 내가 여기 조금 살아 있어요.

3부

여름 수국 별장

안개를 헤치고 문을 열고 여름 별장에 간다 문을 열고 다시 안개를 헤치며 여름 수국 별장에 가려고 한다 쇠딱따구리를 품에 안은 채로, 문을 열고 간다 여름 별장에 가서 모두 끝내려고 한다 비단 구두를 신은 채로, 추핏 추우핏 우는 쇠딱따구리를 놓지 않으면서, 여름 별장에 가면 나는 수국 안개에 휩싸여 내가 아닌 사람이 되겠지 꿈은 언제나 조금 멀리 있어서 안전하다 안전해서 나는 꿈속에 갇혀 있기를 바라지만, 그리고 1년 뒤, 당신은 죽었다, 는 말이 들려온다 비단 구두가 풀어진다 모든 것은 내 잘못이다 아니다 모든 것은 네 잘못이다 아니다 나는 원인과 결과를 떼어놓는다 떼어놓으려고 발을 구른다 몸을 비틀고 팔을 휘두른다 아무 소리도 내지 못한다 꿈에서 깨어 여름 수국 별장에 가야 한다는 말만을 기억한다 다행이다 아직 가야 할 곳이 남아 있어

서, 기억을 반복하며 혼자서 중얼거린다 쭈삣 쭈우
우 핏, 안개를 헤치고 연갈색 마룻바닥을 가로지르
며 묵은 놋쇠 걸개를 열고, 사방 유리창을 환하게 밀
어 올려 햇볕에 달아오른 수국의 냄새를 맡으려고
한다 아무것도 맡아지지 않아 고개를 갸우뚱한다
부풀어 오르는 매미의 텅 빈 울음소리, 정원을 가로
질러 해변가로 이어지는 나무 계단을 내다보며 이
것이 꿈은 아니겠지, 생각한다 생각 속에 생각을 겹
쳐서 축성된 버드나무 가지가 푸르게 빛나는, 아무
도 들어올 수 없는 세계를 만들어보려고 한다 안개
를 떠올리며 문을 닫고 여름 별장에 머무르려고 한
다 그러다가 문을 닫지 못할 것 같다는 생각으로 빠
져든다 끝내려고 했는데 끝낼 수가 없다 수국 덤불
잎새들이 여름 별장을 점령해나간다 나는 말한다
어서 가서 창문을 모두 닫아야 하는데, 여름이 온통

차지한 이곳, 하얀 여름 별장의 기억만 남아 있는 이곳, 나는 누가 나 대신 말하고 있는지 뒤돌아본다 푸른 쇠딱따구리의 울음소리로만 남은 곳, 쇠딱따구리는 쇠로 만든 딱따구리, 쭈삣 쭈우우 삣 피.

증명할 수 없는 사람

돌아보지 않고 가는 거다, 라는 말을 중얼거릴 때마다 왜 실패한 기분일까, 심장의 훼손, 눈동자의 훼손, 훼손과 나날들, 날들의 기나긴 훼손, 어디에 갖다 붙여도 설명되지 않는 훼손은 어떻게 증명해야 하지, 로비의 문을 열고 나가 강변을 걷는다 얼음이 햇빛에 녹는 강을 바라본다 강물은 녹고 빛은 부서진다 아니 빛이 부서지고 땅이 꺼져간다 부서지는 빛, 부서지는 빛에 대해 생각하면 미래에 도착한 것만 같다 미래에 도착해서 나는 과거를 지켜본다 이미 도착해서 과거의 내가 걸어오는 모습을 지켜보고 싶다 무미건조하게, 어떤 기대도 희망도 없이, 그러면 실패한 기분이 사라질까, 당신은 당신의 길을 가면 됩니다, 나는 타인에게 말을 건넨다 타인에게 말하면서 타인의 마음이 진정되기를 바라지만 나는 나의 말을 믿을 수가 없어서 오방을 돌아본다 훼손과 당신, 훼손과 시절, 아무도 기억하지 못하는 훼손을 가지고 살아가야 하는 한 사람, 돌아보는 데 지쳐 나는 식물을 키우고, 식물이 자라면 줄기를 잘라 다른 화분에 옮겨 심는다 왜 그러는지도 모르는 채 물을 주고 식물이 자라는 것을 오래 지켜본다 식물은 나를 바라보며 아무 말도 하지 않는다 정확하게 나를 지켜보며 말도 없이 정확하게 매일매일 성장해나간다 그걸 아는 내가 여기 있어요, 라고 말하는 사람이 되고 싶다 식물과 함께, 이제 그것에 대해서는 더 할 말이 없을 정도로 알고 있어요, 라고 말할 수 있는 사람이 되고 싶다 식물과 함께, 나는 이제 실패를 아는 사람으로서 돌아보면서 가기로 한다 돌아보면서 갈 수도 있을 것이라고 믿어보기로 한다 믿음은 있어서 믿는 것이 아니라 믿음으로써 생겨나는 것, 그렇다면 있다 나는 벌써 있다, 그렇게 중얼거리면서 감사를 반복하기로 한다 멀리서 종소리가 들리고 나는 강을 뒤로 하고, 이제 로비를 지나 숙소까지 돌아가는 일이 남고, 이것은 갔다가 돌아오는 구조, 회귀의 여정, 성숙의 파노라마를 완성하는 일에 실패할까봐 내일부터는 하루에 한 번씩만 돌아보기로 한다 나는 나도 모르게 중얼거리고, 중얼거림을 반복하는 사람은 되지 못한 사람, 그런 생각이 떠오를 때마다 되지 못한 사람으로서 나는 증명할 수 없는 실패의 말을 받아 적으며 복도를 걸어간다 그때에도 강물은 녹고 빛은 부서진다.

어떤 일은 그냥 일어나기도 하지

자주 부딪히며 나는 걸어가, 멍 자국을 만들며 아무렇게나 나를 아프게 해, 괜찮아요 나는 이제 무해한 열매, 아니 미안해요 이제 나는 무용한 열매, 보도블록 위 검고 무른 자국들, 후드득 오디 열매처럼 떨어져 나간 손등과 무릎, 이마와 복사뼈, 딱딱했다고 믿은 모든 전부가 아무렇지 않게 버려져서 멍이 들어가, 나는 무용한 열매이니까, 그렇게 믿으면 이해가 되고 그렇게 믿으면 가만히 서 있어도 저녁은 오고, 저녁에는 얼굴을 감출 수가 있어서 그게 좋아서, 나는 천변을 걷다가 마지막 심정으로 전화를 걸어 언니, 여긴 사람이 많아요 팔을 흔들거나 난간에 종아리를 문지르는 사람들, 돌아갈 곳이 있어서 좋아 보이는 사람들, 누군가에게는 나도 그렇게 보이겠죠 약은 잘 먹지 않고 밥은 더 잘 먹지 못해요 내 얼굴의 이건 그늘이 아니라 녹음이라고 믿었어요 더 짙은 녹음 안에서, 검어지도록 짙어가는 녹음 안에서, 숲으로 연결된 길을 내는 사람은 나일 거예요, 라고 믿어보고 싶었어요 그랬구나 응응, 그래서 거기까지 혼자 걸어갔구나 괜찮아 계단을 내려가면 거기 버려진 농구 코트가 있고 더 내려가면 바다에 반쯤 잠긴 벤치, 거기 너를 기다리는 내가 앉아 있을 거야 떠올려봐, 색깔이 바랜 벤치에 앉아 내가 너를 기다릴게 어젯밤에는 내 침대가 날아가는 꿈을 꾸었단다 문턱을 가뿐히 지나 아무도 없는 자정의 길을 떠가면서 핀 조명 하나가 낮게 켜져 있는 박공지붕 상점을 들여다보고 있었어 수수꽃다리 화단이 가지런한 길에서, 모든 것이 무사한 것처럼 보였던 밤, 꿈을 꾼다는 것을 알면서도 기뻐서 깨고 싶지 않았던 밤, 잠들어 있는 작은 상점의 내일 아침은 어떨까 꿈꾸어보았어 언니는 이야기를 멈추지 않았지 모든 것은 그냥 일어나기도 한단다. 내겐 부리밖에 남지 않았지만 나의 부리로 네 깃털을 가다듬고 윤을 내어줄게. 그럴 수 없을 거라고 믿고 싶어도 어떤 일은 그냥 일어나기도 하는 거니까. 그 일들이 너를 미워해서 일어난 것이 아니니까. 이제 너를 아프게 하는 것으로 세상을 벌주려 하지 말아. 올겨울에는 연탄난로 곁에서 같이 얼린 홍시를 나눠 먹어야지.

원데이 홀로 클래스

비옷과 신발 위로 본 적 없는 재들이 내려앉고, 길이 닫히고 있었지 진실은 아니지만 진실에 가까운 어떤 것, 나는 그런 것을 따라 걷고 있다고 믿었는데, 어둠이 내리고 젖은 풀 향, 짙어가는 이 풀들의 마지막 호흡, 오래 묵은 녹나무 밑둥을 두드리면 은제 주전자에서 박하차를 따라 마시는 조그만 사람들이 나올 것 같았는데, 같이 차를 마시면 시간을 잊고 잘못을 잊고 다른 사람이 될 수 있을 거라 믿었는데, 고개를 돌리고 바라보면 흐린 바람이었니? 나는 숲의 나무를 주워 뭔가를 만들어보기로 했는데, 무엇도 배우지 못한 채로 세상의 끝에 와버린 것 같아, 숲, 뒤섞이는 세계, 똑똑, 똑똑똑,

다하지 못한 마음

한 사람에게 다하지 못한 마음, 다했음에도 더 하고 싶은 어떤 마음, 같이 걷고 있어도 어떻게 그런 것만 떠오르지 손가락 하나로 번갈아 건반을 누르듯 우리 같이 야트막한 언덕을 오르면서, 봄빛 잘 구워진 기와지붕들을 내려다보지 맨날 뒤로 미루었던 것들을 이제 하나씩 해봐도 괜찮을까? 더할 수 없이 웃으며 고개를 끄덕여주는 사람, 그 사람이 여기 있다는 생각 때문에 나는 그만 몸에 힘이 풀려 영영 여기에 뿌리를 내리고 너를 기다릴 것 같아, 멋대로 돌아다니다가 지하철을 같이 탈 수 있다는 것, 타고 내리는 사람들을 마음에 담으며, 그 사람들이 전부 집에 돌아가 포옹을 받고 머리를 쓰다듬어주며 작은 식탁에 앉아 있는 저녁을 꿈꾸는 지금, 처음 있는 이런 마음, 믿을 수 없는 일이 벌어질 수도 있을 것 같은 어떤 마음, 어떻게 우리는 이

럴 수가 있어서, 교각 밑을 출렁이는 저 많은 빛이 잠시 우리 것이라고 믿어보는 시간을 통과하고 있을까, 좋아해요, 라는 말이 떨리면서 흘러나오는 순간을 더할 수 없는 기분으로 좋아해요 꽉 차올라서 더 채울 게 없는데도 채우지 못한 것 같은 이런 이상한 슬픔과 빛, 소금과 허브로 잘 절여두었다가 건조시킨 후에 꽁꽁 싸매두자 1년 뒤에 연잎 껍질을 풀면 비로소 오늘의 이 기분이 손에 배어나도록, 우리 두 사람에서 시작해 우리를 아는 모든 사람들에게 반짝이며 풍기도록, 양손을 활짝 펼쳐서 서로를 기다려주는 사람, 한 사람이 품에 들어오면 다른 한 사람이 날개 뼈를 잡아 한 번도 떨어져본 적이 없는 사람들처럼 녹아버리는 마음, 바람이 세서 피크닉은 어려울 것 같은 날에도 키 큰 나무 밑에서 눈을 감고 같이 누워 있는 모습을 떠올려보자 흩어지는 머리칼을 서로 정돈해주며 웃어보는 우리가 되자, 저릿해진 서로의 심장을 손바닥으로 다독이면 우리의 시간은 다락방으로 올라가는 나선형 나무 계단, 올라가도 올라가도 영원히 끝을 알 수 없는 궤적으로 시간은 우리를 휘감아 오르고, 채널이 다른 라디오가 들려오고, 오후 네 시의 빨래 마른 냄새 같은 너와, 차가운 보리차를 빈티지 유리컵에 담아 한 모금씩 나누어 먹는 우리, 너에게 나는 다하지 못한 마음, 꽉 차올랐지만 더 채울 수 없어서 슬픈, 우린 절대 없는 것으로 서로를 그리워하지 말자, 없어진 것, 없는 사람, 없는 마음, 평생 그것을 생각하며 뒤에 남는 사람이 되지 않기로 하자, 한 사람에게 다하지 못한 마음, 다했는데도 끝내 그리워지는 이 마음과,

가을빛 일요일의 마당

색소 과자 냄새가 섞인, 종일 적당한 빛, 잔디를 깔아놓은 마당 마루에 가만히 앉아 있어 여기 있으면 아무것도 서운한 게 없지 감자를 삶기로 해 아직 마음으로만, 소쿠리에 천리향을 꺼내 쪼개놓고 조금 있다가 먹기로 하지, 역시 생각으로만, 담요를 펼치면 잔잔히 여름 바다의 냄새, 지중해산 목욕 소금 알갱이처럼 모래 입자가 묻어 나오는 시간이구나 마루 끝에는 기와지붕에서 떨어지는 또 다른 빛을 지나 사슴 패치워크 원단을 따라 바람, 살랑이는 바람, 나는 마루에 기대 발을 노닥이며 빨랫줄에 매달아놓은, 말라가는 단화를 바라보기도 하지 허브 화분들이 흔들리고 작은 시약병에 담긴 가을빛을 마개로 눌러 담아 차곡차곡 진열해보는 시간, 주인은 돌아오지 않고 이 작은 마당의 오후가 곱게 부풀도록 아무것도 생각하지 않는 시간.

4부

네가 생각하는 그런 사람

오늘의 정식을 먹고 조금 걸었어 아직 수프 냄새가 남아 있는 손가락을 햇볕에 내어놓고 오르막길을 올라갔어 약수터까지 더 걸어볼까 그때 그랬던 것처럼, 나는 입안 가득 바람을 마셨다가 입술을 오므리고, 휘파람을 불었지 제일 오래가는 소리에게 물고기 이름을 붙여주기로 했잖아 원양 미생물이 넘치는 북극의 바다까지 헤엄쳐 갈 수 있도록, 힘을 주자 그러니까 힘을 줄 수 있는 사람이 되자, 너는 뭘 좋아해 양송이수프를, 너의 이 점은 언제 생긴 거야 아니 점이 있는 것을 나는 몰랐어 우리가 더 궁금했던 건 우리가 무슨 사람이냐는 것, 그건 아직 될 것이 많이 남아 있다고 믿었던 시절의 이야기, 벤치에 앉아 산에 오르는 사람들을 구경하는 일을 하자, 오일파스텔로 색을 입힌 것처럼 햇빛이 부서지고 나뭇잎이 번져가는 것을 그냥 바라보기만 하자, 지난날은 저릿하게 눈앞을 흘러가고, 지금은 지금일까 아니면 그때일까 우리는 눈을 감고 꽃가루에 취한 것처럼 서로의 이름을 불렀지, 너는 왜 나를 믿었어 내가 꽤 괜찮은 사람이 될 거라고, 왜 한 번도 그 믿음을 버리지 않았어? 우리의 손가락은 겹쳐 있었고 서로 다른 방향으로 등을 보이고 있었지만 그것이 마음에 들었지 산 밑 초등학교에서는 아이들이 쏟아져 나오고, 커튼은 흔들리고, 축구공은 튀어 오르고, 나무와 철봉, 그래 어린 나무와 말 없는 철봉처럼 우린 아직 이 세상에 있는 거지, 있는 줄도 모르게 가만히 그렇게, 폐타이어 모래 놀이터가 아직도 남아 있는 곳, 여기서 잠자리 안경을 쓰고 네가 나를 돌아봤어 중학생한테 빌린 것 같은 치마를 입고, 그런 눈, 아직까지 한 번도 다시 만나지 못했던 그런 깊은 눈을 한 채로, 이젠 서로 다른 땅에서 창공을 바라보며, 아직도 서로 뭐가 될 수 있을 거라고 믿으면서, 뭐가 되지는 못했지만 되어 가는 중*이라고 여전히 믿으면서, 우린 살아 있는 거겠지 언젠가 이 믿음을 버려야 할 날이 올 거야 그것이 나에게 위안을 준다 네가 생각하는 그런 사람, 그런 사람이 되어, 가, 면, 서.

* 영화 「태풍이 지나가고」의 대사

시작은 있지만 끝은 없는 이야기

어젯밤엔 창문을 열어놓고 잠을 잤어 신기하지 꿈속의 꿈에서도 나는 창문을 열고 멀리멀리 흘러가더구나 더 이상 갈 수 없는 곳까지. 끝이라고 생각했던 곳에서 조금 더, 겹의 세계를 통과하고 있구나 없는 줄 알았어 한 겹 끝이 세상의 전부인 줄로만 알아서. 어느 책상 위에서 혼자 잠이 들었다가 눈을 떠보면 밤이 있고 거기서부터 다시 꿈이 열린다는 걸 몰랐어 흘러가고 보니 흘러가기도 하는 거구나 고개를 끄덕이며 떠나보내는 것. 버스는 흘러가고 나는 창가에 머리를 기대고 있었지 겨울나무들이 잘린 채로 나를 배웅하고 있었어 사방이 잘린 채여서 비명도 울음도 없었어 어쩔 수 없다는 게 이런 거구나 어쩔 수 없다는 것을 안다는 게 이런 거로구나 겨울 처마 밑에는 장작들을 가득 쌓아두었지 이제 불을 지피고 통깨 주먹밥을 먹으며 드문드

문 된장국을 마시다 보면 무언가를 건너가 있겠지 건너간 다음에야 내가 건너온 것을 돌아볼 수 있겠지 건너왔지만 건너온 것을 모르기도 하겠지 지금은 보이지 않아도 사각 행거에 달아놓은 소원 쪽지들이랑 라탄 바스켓에 담아둔 마른 옷들을 매만지며 아직도 이런 것이 남아 있구나, 꿈속에서는 내가 아직 없어지지는 않았구나 옷 속에 얼굴을 파묻고 흘러가는 시간이 있기도 하겠지 얼굴을 내밀지 않아도 조용히 흘러가는 꿈, 사람들은 일을 하고 철근 공은 움직이고, 하나의 꿈을 열고 또 하나의 덧문을 열면서 나는 자꾸자꾸 흘러가고 있었어.

들어줄게 너의 이야기를

내가 들어줄게 너의 목소리를, 사운드박스에선 올드팝이 흘러나오고, 너는 떠나갔지만 테이블 위에 목소리는 남아, 그 옆에 낫토처럼 붙어서, 두고 간 너의 목소리를 내가 지킬게 오늘은 겨울비가 그쳤고 산등성이 너머 레이더 기지까지 하늘이 열렸구나 그런 세계의 트랙을 홀로 달리다가 넘어진 너, 무슨 소리가 들렸던 거니? 어떤 신호가 너를 부르고 있었어? 눈을 감았다가 뜨면 다른 것이 되어 있을 거라 믿었지만, 너의 목소리는 자주 끊기고 무엇을 좋아했는지도 잊어버렸지, 입김을 쏟아내며 어디가 출구인지도 잃어버렸어 그래도 들어줄게 너의 목소리를, 이끼랑 도토리만 먹으면서 나만은 잊지 않을게 존재, 그래 존재, 있는 거, 그래 어쨌든 있는 거, 사라지지 않고 여기 있는 거, 밀리고 밀려서 여기까지 왔어도 존재, 존재가 접붙이는 이상한 핏줄

들로 네 전부를 흘려보내는 거, 알지 알아, 나는 알아, 처음부터 끝까지 나는 알고 있어 나무의 가장 높은 곳에 매달린 이파리처럼 작게 흔들렸지 아주 많이 흔들려야 너는 겨우 빛을 낼 수 있었어, 옛날에 목소리가 있었대 목소리는 금세 지워졌지만 아예 죽지는 않고, 죽어 없어진 줄 알았는데 다른 목소리를 불러오고, 그런 게 아흔아홉 구비 굽이쳐서 이야기가 되었대, 잘라도 잘라도 끊어지지 않았대, 여기 남기로 선택해서 너의 목소리는 이야기가 된 거야, 여전히 너는 어둡고, 마침내 실패했고, 실패한 것은 작은 사건일 뿐 눈을 가리는 진실은 아닌 거라고, 내가 여기 있을게 올드팝이 흘러나오고, 사람들은 저마다의 생각으로 흘러가겠지만, 이제 우리 이 긴 겨울을 같이 흘러가자 오각형으로 팔각형으로, 꺾어지고 굽혀지다가 다른 세계와 섞이고 가늘어지고 결정이 되고 눈발이 되어서 다 잊어버린 사람들의 머리 위로 조금씩 흩날리기로 하자 웬 검은 눈이 내린다고, 아주 긴 오지의 시간 여행을 해 온 눈이라고, 사람들은 입술을 모으겠지만 볼주머니에 도토리 열 개는 집어넣은 다람쥐의 마음으로 울지도 웃지도 않으면서 내가 너의 목소리에 목소리를 덧댈게 너를 절대 혼잣말로 두지는 않을게.

PIN

038

나의 디바 주동우

박상수

에세이

나의 디바 주동우

1

목적지도 정하지 않고 무작정 차를 몰고 달린 적이 있다.

계획에 없던 일이 생기면 즐기거나 그것에 지혜롭게 대처하기보다는 일단 앞이 캄캄해지며 식은땀을 흘리는 성격상, 분명 예외적인 그런 날이었다. 해가 지고 있었고 늦은 오후의 역광이 운전석까지 깊게 드리워지고 있었다. 아마도 서쪽을 향해 달리고 있었던 것 같다. 선바이저를 내릴 생각도 하지 못했다. 정신이 반쯤 나간 채로 신호등의 불빛에 따라 단순하게 반응하며 어딘지도 모를 곳을 향해 움직였다. 차에 탔을 때부터 나는 소리 죽여 울고 있었다. 아무도 나를 보지 못한다는 사실이, 혼자서 울 수 있는 공간이 있다는 사실이 그렇게 고마울 수 없었다.

그날 나는 원하던 일이 결국에는 불가능할 거라는 말을 전해 들었다. 이미 몇 번의 노력이 있었고 그때마다 속절없이 좌절된 이후였다. 마지막이라고 생각했는데 그마저도 간단하게 거절되고 말았다. 위로도 없었고 손을 잡아주는 사람도 없었다. 아무도 나를 도와주지 않을 거라는 사실을 너무 뒤늦게 알았다. 나는 그저 누군가의 평범한 타인일 뿐이었다. 알고 있었지만 그걸 받아들이는 일이 힘들었다. 이상하게도 너무 늦게 알게 된 것은 절대로 잊을 수 없는 선명한 일로 각인된다. 오랫동안, 정말 오랫동안 노력했던 모든 일들이 무의미한 일이 되어버렸네. 이제 나는 누구도 알아주지 않는 과거가 되겠구나…….

근본적인 차원에서 나에게는 오랜 시간 가혹하게 되풀이된 깊은 상처도 있었다. 내가 그토록 바라던 곳에서 한 번도 인간답게 환대받지 못했다는 서글픔이었다. 스스로를 열등한 존재로 끊임없이 깎아내려야 하는 시스템 안에서 나는 영원한 경계인이자 이방인이었다. 그럼에도 불구하고 늘 참고, 또 견뎌야 한다고 생각했던 것 같다. 내가 남자라는 것, 40대 후반의 나이라는 것, 돌아보니 언젠가부터 이미 어른이라는 것……. 그런 자기검열이 결국은 터져버린 날이라고 해도 되겠다. 무언가를 더 해볼 의지가 내게는 남아 있지 않았다. 실낱같은 구원의 기미조차 보이지 않을 때가 있다면 그날이 그랬던 것 같다.

차를 몰아 도착한 곳은 이제는 쇠락해가는 인천의 작은 해변이었다. 더 이상은 차로 갈 수가 없었다. 밤바다는 칠흑 같아서 아무것도 보이지 않았다. 바닷가 횟집 간판들만 불을 밝히고 있었다. 군데군데 보안등이 켜진 모래사장에는 삼삼오오 불꽃놀이 화약에 불을 붙여 밤하늘로 쏘아대는 사람들이 있었다. 해변 가장 외진 곳 방파제에 차를 대고 밖으로 나왔다. 뭘 해야 할지를 몰라 그저 바닷바람을 맞으며 터지는 불꽃을 하염없이 지켜보았다. 불꽃, 파도, 바람. 바람, 파도, 파도. 불꽃, 파도, 바람, 바람……. 어떤 불꽃은 화약의 절반도 폭발시키지 못하고 픽, 소리를 내며 고꾸라지기도 했다. 그래도 사람들은 즐겁게 웃거나 서로의 몸을 포갠 채로 밤하늘을 마음껏 올려다보았다.

그 소박한 행복과 소란을 바라보며 나는 혼자 서 있었다.

밤이라서 좋았다. 내 얼굴을 아무도 볼 수 없다는 것이 좋았다. 그때서야 왜 나도 모르게 이 바다까지 찾아왔는지 알 것만 같았다. 밤바다 앞에서라면 그동안 내 안에 감춰둔 어떤 소리든 터뜨려도 괜찮지 않을까. 아무에게도 신경 쓰지 않고 나를 풀어놓아도 덜 부끄럽지 않을까. 나는 밤 한가운데에 서 있었다. 바다 쪽으로 한 걸음 더 다가갔다. 그리고 겹쳐 오는 파도 앞에서 두 손에 얼굴을 파묻고 겨우 말해보았다. 여기까지인 거 같아. 더는 어려울 거 같아……. 그날 방파제에서 나는 인정할 수밖에 없었다. 나는 실패했다. 나는 실패했다. 이 어쩔 수 없음을 이제는 받아들일 수밖에 없다고. 여기까지가 내가 할 수 있는 최선이었다고.

2

가끔 그런 생각을 할 때가 있다. 원 없이 울 수 있다면 정말 좋겠다고. 시를 쓰지 않았다면 나았겠지만 대체로 감각을 민감하게 확장시켜놓고 살아가는 훈련을 수십 년 이상 해왔기에 상대가 나를 대하는 감정에 예민하고, 이 세계가 가혹하게 작동될 때마다 타격이 큰 편이다. 그러다 보니 어떤 상처는 아무는 것이 아니라 겨우 덮어놓는 경우가 많다. 바로 그 상처가 어느 순간 감당할 수 없을 만큼 큰 눈덩이가 되어 터질 때가 있다. 울음과 연관 짓자면 나는 스스로에게 엄격한 편이었다. 눈물은 연약함의 표현이니까. 연약함을 남들에게 내보이면 안 되니까. 동정과 연민의 대상이 되기보다는 당당한 동료이자 구성

원으로 인정받고 싶었다. 그래서 더더욱 타인에게 눈물을 내보이고 싶지 않았다. 하지만 의지로 제어할 수 없는 순간이 온다. 내가 결국은 실패했다고 생각했던 그날도 어쩔 수 없이 울음이 터졌고, 주변을 의식하느라 입술을 깨물고 고개를 숙인 채 겨우 혼자 있을 수 있는 공간으로 도망쳤다. 그렇게 도착한 공간이 차 안이었고 밤의 바닷가였다. 그곳에서 비로소 제대로, 원 없이 울 수 있었다.

가끔은 어둠 속에서 영화를 보다가 혼자 울 때가 있다.

신기한 것은 남자 주인공이 우는 모습보다는 여자 주인공이 우는 모습에 강하게 몰입이 된다는 점이다. 우연히 본 중국 영화 「안녕, 나의 소울메이트」(2017)도 그랬다. 내게 이 영화가 잊히지 않는 영화로 남은 것은 바로 영화 속 주인공 중 한 명인 '안생' 역할을 맡은 중국 배우 '주동우' 때문이다. 92년생인 이 젊은 배우는 이 작품으로 대만의 아카데미상이라 불리는 금마장에서 최우수 여우주연상을 수상하고 이후 화려한 수상 경력을 이어가며 중화권 최고의 배우로 각광받고 있다. 「안녕, 나의 소울메이트」는 두 명의 주인공 '칠월'과 '안생'의 우정을 중심으로 열세 살부터 스물일곱 살까지의 어긋남과 재회, 그리고 이어지는 드라마틱한 인연을 슬프고도 아름답게 담았다. 칠월은 부모님의 사랑을 받으며 성장하고 자신도 그에 걸맞은 안정적인 삶을 꿈꾸는 모범생. 대학을 나와 은행원으로 일하며 결혼을 앞두고 있다. 반면 안생은 어려운 가정 형편 속에서 사랑받지 못한 채 고아나 다름없이 자란다. 그리고 직업학교를 나와 피치 못할 사정으로 고향을 떠난다. 이후 세상을 떠돌며 거칠지만 자유분방한 영혼으로 살아간다. 둘은 서로를 아끼고 사랑하며 한 시절을 지냈지만 또한 경계하고 질투하여 사이가 멀어지기도 한다. 그러다가 마침내 서로를 이해하고 받아들이게 된다.

영화를 보는 내내 주동우에게 눈을 뗄 수가 없었다. 주동우가 가진 에너지와 생명력이 너무 좋았다. 처음으로 얻은 누추한 자신만의 공간에 친구인 칠월을 데려와 그 앞에서 한 바퀴 돌며 '짜잔' 할 때의 그 자랑스러운 얼굴과, 먼지투성이 침대를 바닥에 쿵 내려놓고 옷을 입은 채로 올라가 온몸을 자유롭게 비틀며 특유의 웃음으로 기뻐죽겠다는 듯 환하게 웃을 때 이 사랑스러움에 어떻게 공감하지 않을 수 있을까. 친구가 사랑하는 남자를 친구 대신 불쑥 찾아가 "어떤 여학생이 널 맘에 들어 하니까 행동 조심하는 게 좋을 거야"라고 경고한 뒤 돌아서며 눈을 흘기듯이 웃을 때의 그 장난기 어린 표정, 여행 가는 배에서 둘이 컵라면을 먹다가 갑자기 칠월의 머리를 가볍게 치며 "정말 좋다. 진심이야, 너무 좋아"라고 목소리를 높일 때는 저 작은 몸 어디에 그 많은 기쁨과 생명력이 들어 있는지 진심으로 감탄할 수밖에 없었다. 표정과 행동이 어디 하나 억지스러운 데가 없고 모두 자연스러워서 저건 저 사람의 내면에 있지 않고서는 표현할 수 없는 감정이야, 라는 말이 절로 나왔다.

그러나 주동우를 아는 많은 팬들이 꼽는 것처럼 무엇보다도 슬픔을 표현하는 그녀의 깊은 감정 연기는 특히나 가슴을 미어지게 하는 힘이 있다. 칠월이 "나 아니면 누가 너랑 친구했겠어. 누가 신경이나 썼을까. 네가 가진 모든 것, 다 내가 준 거야. 근데 빼앗겠다고? 네가 감히?"라고 오랫동안 감춰둔 속마음을 가감 없이 뱉어낸 순간, 갑자기 모든 전원이 툭 끊기고 영혼이 빠져나간 듯한 창백한 표정으로 힘없이 한쪽 눈에서부터 눈물을 흘릴 때, 그러다가 서둘러 부정하듯이 고개를 두어 번 흔들고 "우리가 어쩌다 이렇게 되었을까?"라고 중얼거릴 때 주동우의 상처받고 텅 빈 눈빛. 오랜 시간이 흘러 다시 만난 둘이 침대에 누워 서로 이야기를 나눌 때, 칠월이 "안생. 넌 내 가장 좋은 친구야. 네가 미웠었어. 그래도 내겐 너뿐이었어"라고 용서를 구하자 쓰라린 눈빛으로 칠월을 보며 아파하다가 이내 눈을 내리깔아 감은 채로 양미간을 찌푸리며 "왜 이제야 왔어. 이리와, 내 튼튼한 팔에 누워"라고 말할 때는 내 마음도 쿵 내려앉으며 자꾸 고개를 가로저을 수밖에 없었다. 어떻게든 울지 않으려고. 그렇지만 다 포기하고 결국은 따라서 울게 된다.

3

특히 내가 사랑하는 주동우의 표정이 있다. 속에서부터 차곡차곡 눌러온 슬픔이 결국은 넘쳐 오를 때, 뭔가 참으려는 듯이 힘주어 입술을 일자로 다물었다가 자기도 모르게 아랫입술을 삐죽 내밀 때의 짧은 순간이다. 슬픔을 터뜨리는 것이 아니라 어떻게든 참으려고 애쓰려는 안간힘. 때로 어떤 슬픔은 우리를 완전히 무장해제시키기 마련이어서 가장 연약했을 때로 우리를 되돌려놓는다. 우리는 갑자기 과거에 도착한다. 순식간에 엄마를 잃어버렸을 때의 무너지는 기분으로. 혹은 낮잠에서 깨어났는데 주변에 아무도 없다는 것을 알아버린 아이의 공포 속으로. 다행히 곧 누군가 나타나 안아주면 그만 목놓아 울어버리는 아이가 된다. 나 씩씩해 보이지? 근데 실은 나 어떻게 해야 할지를 모르겠어……. 주동우의 슬픔에는 어른과 아이가 동시에 들어 있다. 단단함과 연약함이 함께 들어 있다. 어떻게 이 모든 감정이 다 느껴지는 슬픔의 표정을 가졌는지 그저 신기할 뿐이다.

앞선 신의 마지막 장면에서도 그런 모습이 잠깐 나온다. 안생은 칠월에게 묻는다. "칠월, 무서워?" 칠월이 고개를 끄덕이며 대답한다. "조금." 그 말을 듣고 울음을 참으려는 듯 입술을 다물었다가 그만 삐죽 내미는 주동우의 얼굴을 보며 나는 영화가 환영의 일종이라는 사실을 잠깐 잊고 만다. 내 뒤에서 환등기가 돌아가고 있다는 사실을 잊은 채로 둘이 주고받는 저 복잡하고도 층층이 쌓인 감정을 누구보다 진하게 손에 쥐고 놓지 못한다. 주동우의 최근작 「소년시절의 너」(2020)에서 확인할 수 있듯 교복을 입으면 꼭 중학생처럼 보이는 주동우의 저 작은 몸으로 어떻게 타인을 보살필 수 있을지 걱정스럽다. 그런데 주동우와 하나가 되어 '칠월을 도와야지. 그럼 어떻게 도와야 하지?'라고 생각하는 나 자신을 발견하게 된다. 무슨 말이냐면, 주동우의 어떤 표정들은 순간적인 연약함을 속절없이 드러내고야 말지만 그것이 전체 서사 안에서 결코 좌절을 의미하지 않는다는 사실이다. 이야기는 진행된다. 서로에게 상처를 받고 헤어졌다 다시 만났을 때는 성숙해 있다. 사건이 끝나고 시간이 흐른 뒤에는 담담하게 그날의 일을 계기로 다른 인생을 펼쳐나간다. 그래서 주동우의 연기를 보고 있노라면 여기가 끝일 수는 없으며, 그래서는 안 된다는 결심이 함께 피어나는 것을 느낀다.

이상한 일이고 이상한 힘이다. 영화에서도 끝까지 칠월을 보살피는 사람이 바로 안생, 즉 주동우이다. 다시 말하자면 주동우는 분명 누구도 흉내 낼 수 없는 깊은 슬픔의 표정을 가졌지만 동시에 "정말 좋다. 진심이야, 너무 좋아"라고 말할 수 있는 활기찬 에너지와 생명력도 함께 가지고 있는 것이다. 깨지고 다치고 넘어져도 코를 한 번 쓰윽 문지르고 다시 일어설 것 같은 힘이 숨어 있다. 「안녕, 나의 소울메이트」 「먼 훗날 우리」 「소년시절의 너」로 이어지는 필모그래피에서 주동우가 연기하는 인물들은 늘 세계의 폭력과 고통에 노출되어 있고 노골적인 빈부격차 속의 희생자이며 생존자이기도 하다. 또한 주동우는 멸시와 동정의 대상, 경제적 자본을 갖지 못했기에 그나마 남성에게 자신을 의탁해야 생존할 수 있는 노동계급의 여성, 혹은 계급의 숨어 있는 상처들에 절망하고 패배하지만 그렇다고 완전히 굴복하지 않는, 늘 위태롭고 연약해 보이지만 끝내 완전히 지는 법은 없는 그런 인물을 연기한다. 보통의 영화에서 에필로그로 짧게 다루어지는 후일담을 주동우는 길고 의미 있는 삶의 연속으로 보여준다. 나는 그럴 때의 주동우가 좋다. 주동우에게는 실패 이후를 담담히 감당하며 살아나가려는 힘이 있다. "주동우가 울면 보는 나도 운다. 예외가 없다. 그런데 슬픔에 함께 침잠하는 것이 아니라 그다음을 버티게 해준다. 주동우가 연기하는 여성들은 불안하지만 연약하지 않고, 주변에 도사리는 위험을 지우진 않지만 어떻게든 살아야겠다는 용기를 준다."* 맞다. 슬픔 이후를 버티게 하는 내면의 강인함. 주동우가 연기하는 여성들에게는 그런 강인함이 있다. 나는 그것이 좋다. 이리 와, 내 튼튼한 팔에 누워. 여기로

* 임수연, 「임수연 기자의 PICK 〈소년시절의 너〉 주동우」, 『씨네21』 2020.12.11. http://www.cine21.com/news/view/?mag_id=96716

와. 걱정하지 말고. 마지막에는 나도 그렇게 말할 수 있는 사람이 되고 싶다는 생각을 한다. 어쩔 수 없는 실패, 그 이후에도 삶이 있음을 증명해내는 사람이 되고 싶다. 그때에도 조금 울겠지. 그러나 훨씬 담담하게 울 수 있게 되겠지.

시를 통해 여성의 목소리로 말할 수 있게 되면서 비로소 온전한 숨을 쉴 수 있게 되었다. 더 자유롭게 나를 표현할 수 있게 되었다. 그리고 더 자주 울고, 더 자주 나의 취약함과 연약함을 드러낼 수 있게 되었다. 누군가 나의 시를 읽고 여기 '진정한 여성'이 어디 있느냐고 묻는다면 나는 할 말이 없다. 왜 당사자도 아니면서 여성의 목소리를 빼앗느냐고 묻는다면 더더욱 대답할 말이 없다. 다만, 적어도 나는 시를 쓸 때, 비로소 진짜 나 같았다, 라는 말은 할 수 있을 것 같다. 나의 화자는 쉽게 사랑받을 수 없는 말투와 생각과 행동을 가졌지만 그것 또한 나다. 나는 조금씩 내 안의 여성성을 찾아서 움직여왔다고 생각한다. 그 여성성은 내 안의 생명력이었다고 믿는다. 실패를 반복하지만 실패 이후의 삶을 포기하지 않고 이어나가는 주동우를 생각하며, 그녀가 연기한 인물들을 기억하며 나는 내 안의 여성성과 함께 끝나지 않는 이야기를 만들어나가고 싶다.

너를 혼잣말로 두지 않을게

지은이 박상수
펴낸이 김영정

초판 1쇄 펴낸날 2022년 1월 25일
초판 4쇄 펴낸날 2022년 11월 25일

펴낸곳 (주)현대문학
등록번호 제1-452호
주소 06532 서울시 서초구 신반포로 321(잠원동, 미래엔)
전화 02-2017-0280
팩스 02-516-5433
홈페이지 www.hdmh.co.kr

ISBN 979-11-6790-087-6 04810
979-11-6790-074-6 (세트)

* 책값은 뒤표지에 있습니다.

현대문학 핀 시리즈 시인선

001	박상순	밤이, 밤이, 밤이
002	이장욱	동물입니다 무엇일까요
003	이기성	사라진 재의 아이
004	김경후	어느 새벽, 나는 리어왕이었지
005	유계영	이제는 순수를 말할 수 있을 것 같다
006	양안다	작은 미래의 책
007	김행숙	1914년
008	오 은	왼손은 마음이 아파
009	임승유	그 밖의 어떤 것
010	이 원	나는 나의 다정한 얼룩말
011	강성은	별일 없습니다 이따금 눈이 내리고요
012	김기택	울음소리만 놔두고 개는 어디로 갔나
013	이제니	있지도 않은 문장은 아름답고
014	황유원	이 왕관이 나는 마음에 드네
015	안희연	밤이라고 부르는 것들 속에는
016	김상혁	슬픔 비슷한 것은 눈물이 되지 않는 시간
017	백은선	아무도 기억하지 못하는 장면들로 만들어진 필름
018	신용목	나의 끝 거창
019	황인숙	아무 날이나 저녁때
020	박정대	불란서 고아의 지도
021	김이듬	마르지 않은 티셔츠를 입고
022	박연준	밤, 비, 뱀
023	문보영	배틀그라운드
024	정다연	내가 내 심장을 느끼게 될지도 모르니까
025	김언희	GG
026	이영광	깨끗하게 더러워지지 않는다
027	신영배	물모자를 선물할게요
028	서윤후	소소소小小小
029	임솔아	겟패킹
030	안미옥	힌트 없음
031	황성희	가차 없는 나의 촉법소녀
032	정우신	홍콩 정원
033	김 현	낮의 해변에서 혼자
034	배수연	쥐와 굴
035	이소호	불온하고 불완전한 편지
036	박소란	있다